U0022447

繪讀

不給糖，就乖乖！

文　　　字｜林　纓
繪　　　圖｜陳致瑋 (Duga)
責任編輯｜陳奕安
美術編輯｜林佳玉

發 行 人｜劉振強
出 版 者｜三民書局股份有限公司
地　　　址｜臺北市復興北路 386 號 (復北門市)
　　　　　　臺北市重慶南路一段 61 號 (重南門市)
電　　　話｜(02)25006600
網　　　址｜三民網路書店 https://www.sanmin.com.tw

出版日期｜初版一刷 2020 年 10 月
書籍編號｜S859391
Ｉ Ｓ Ｂ Ｎ｜978-957-14-6953-9

不給糖，就乖乖！

林纓／文
Duga ／圖

三民書局

今天是萬聖節。

小怪跑下樓，
向媽媽要服裝。

媽媽說：

「自己找！我很忙！」

小怪在閣樓裡找啊找，

找啊找，找啊找……

終於找到一副面具。

小怪戴上面具，跑下樓。
跑啊跑，來到隔壁家門前。

「不給糖，就乖乖！」小怪大喊。

隔壁的怪物說：「我沒有糖。」

小怪說：「那我就把你鍋子上的汙漬都洗乾淨！」

隔壁的怪物只好走回屋裡，
乖乖把糖果交給小怪。

小怪來到隔壁的隔壁家門口。

「不給糖，就乖乖！」
小怪大喊。

「為什麼我要給你糖？」
　隔壁的隔壁的怪物說。

小怪說：「那我就把你的垃圾
　　　　都整理好拿去丟掉！」
隔壁的隔壁的怪物只好走回屋裡，
乖乖把糖果交給小怪。

小怪來到隔壁的隔壁的隔壁家門口。

「不給糖，就乖乖！」
小怪大喊。

「乖乖？」

是啊。
我會幫你
把院子裡的落葉都掃乾淨！

我會幫你洗碗盤，

我會幫你倒垃圾。

我會幫你擦窗戶、

換燈泡、

拖地板、

洗衣服，

還有做蛋糕，

我

甚至

還會　　　對你說……

「謝謝，
　　我也愛你。」

不給糖，就搗蛋之外的
「萬聖節」

林纓／文

萬聖節是一個屬於「群眾」的節日。

在這個夜晚，薩溫節的仙子、凱爾特的亡靈、聖靈節的聖人、各種各樣的鬼怪或是戴上面具的人們，都在共同歡慶這個節日。

不是人的東西穿梭於人間、人打扮成不是人的東西。

每個人都戴上了面具，或是穿上不同於平常的衣服，嘗試扮演另一個人，一個並不是自己的人。

裝扮得和平時的自己不一樣也是一種表演，試著讓自己演繹不同角色的表演。這種表演讓我們能站在另一個角度思考，也讓我們在演繹的同時能夠理解自己和別人的差異，讓我們更容易接納異己、接納不同於我們自己的存在，並減少自己和別人之間的隔閡。

在面具之下，平常會在意的外界眼光，也變得沒那麼重要，因為面具隔絕了我們與別人——給予我們一個屬於自己的空間。我們能夠在面具底下面對真實的自己，並且體會到不同於平常的感覺，那種不再被日常綁住的自由自在。

有了面具、有了群眾，人們也更能拋棄身分和平日的束縛，放開心胸玩耍⋯⋯這就是這麼一個神祕、浪漫、古老而屬於群眾的節日——萬聖節。

🎃 作者的話

我從小就非常喜歡萬聖節。

國小時，每年學校舉辦的變裝比賽我都是冠軍。

我在小二時扮成挖自己心臟的鬼王（心臟用紅色水球，血漿是太白粉和顏料）；小三時扮成臉上有大傷疤、裙下藏槍藏鞭子的公主；小四時和我弟合作扮成吸血鬼和新娘（我扮吸血鬼，用珍珠奶茶吸管喝我弟的血）；小五……我有點忘了；小六是眼珠暴凸的女鬼（眼珠用保麗龍球畫，再黏在眼皮上），甚至升了國中還被邀請回國小擔任萬聖節扮裝嘉賓。

直到大學時期我都有在萬聖節變裝，而當時的一門課成為創作這本書的契機：老師讓我們自行創作繪本——繪本！這東西我在國中、國小常畫，而且還拿了幾個全國大獎。於是我在車上邊聽古典音樂，邊和媽媽有一搭沒一搭地話當年，也是在當時提到了萬聖節的扮裝比賽，緊接著這個故事的一切就誕生了。

怪物會過萬聖節嗎？

會吧。

怎麼過？

怪物扮成人類向怪物要糖，不給糖就當乖孩子！

這鐵定能把怪物們嚇壞。

或許和我媽的教育方針有關，她很擅長觀察小孩子有興趣的事物，並讓那些事物成為我們主動學習、動手創作的動機，她也常用各種手段把枯燥的課業變得很有趣。

因此，從小寫、畫、音樂、閱讀對我來說都是玩樂。這種玩樂是創作也是學習，而兩者都能讓我們成長。

萬聖節對我來說就是這樣一個慶典！

一個能在玩樂中學習、在玩樂中創作的盛會。我學了文化和宗教的歷史、研讀各地區和文化圈的怪物資料、絞盡腦汁創作出讓其他小孩驚呼連連的裝扮。

有時候並不是我們找不到學習的入口，而是那個入口不夠有趣。既然如此，把入口變得有趣就行了吧？或是，把有趣的東西也變成能讓我們學習的東西吧。

作者經歷

林纓

作家，身兼作詞、作曲、畫家等興趣副業。著有系列小說《萬聖節馬戲團》。曾獲臺北文學獎、新北文學獎、懷恩文學獎、瀚邦文學獎、全球華文學生文學獎、全國學生文學獎、余光中散文獎、台積電青少年文學獎、原住民文學獎等獎項的新詩、散文、小說、極短篇及童話類別。

 繪師的話

看完故事後，有沒有對書中出現的各式奇幻生物產生興趣呢？在這世界上有著不同的文化，都有著許多神奇的故事。閱讀這些故事就像是展開了各式的冒險，一起來冒險吧！

 繪師經歷

Duga

臺北人，畢業於雲林科技大學，從小喜歡奇幻與魔幻題材的文學。

我不善言語表達，所以選擇用畫畫來代替文字，創作對我來說是一種對話的方式，描繪著想傳達的故事與心情。創作伙伴是一隻名為虎克的貓。